하고 싶은거
하고 살아요,
우리 ──

마음이 뾰족한 날, 나를 다독이는 공감 에세이

하고 싶은거
하고 살아요,
우리 ─

강예신 글·그림

예담

작가노트

마냥 좋을 줄만 알았다.
누구의 것도 아닌 내 이름으로 된 책이
세상에 나온다는 것이 얼마나 으스스한 떨림인지,
얼마나 근사한 일인지 책이 출판되기 전까지
나는 즐거이 그날을 기다리고 있었더랬다.
그 한 권의 책이 제법 무거운 질량으로 가슴팍에 눌러앉을지도 모르고
해맑게 둥둥 떠다니고 그랬다 내가.

콩고물 그득한 인절미를 단번에 삼킨 것처럼 미련하게 한참이 지나서야
제법 큰 돌멩이 하나 내게 얹어져 있음을 깨달았다.
아무도 내가 누군지 어떻게 지내는지 살피지 않음에도
내가 뱉은 텍스트에 갇혀 책임이라는 것을 느꼈던 것이다.

그러나 어리석게도 나는 여기 또 두 번째 돌멩이를 얹고 있다.
때때로 화를 참지 못할 때가, 누구를 미워할 때가,

나쁜 마음을 먹을 때가, 남의 흉을 볼 때가
못하는 것도 모르는 것도 너무 많은, 무엇보다 끊임없이 실수하며 사는 내가
글이란 숲속에 진짜 나를 감춰버린 것은 아닌지 마음이 무거웠다.
혹 나의 글이 충고가 될까 염려스러웠다.

거창한 충고나 가르침이 아닌 까칠하고 모자란 한 사람의
진심 어린 재잘거림으로 들어주었으면 좋겠다.
이 글이 당신 옆에 다가앉아 함께 수다를 떠는 편한 친구가 되었으면 좋겠다.
당신의 일상이 별 탈 없기를 바라는 작은 돌탑이 되었으면 더없이 좋겠다.
그래서 우리 모두, 미련 없이 하고 싶은 것 하고 살았으면 정말로 좋겠다.

너무 참지도, 아등바등하지도 말고,
먹고 싶은 건 먹고, 때때로 사고 싶은 건 사면서
그렇게 열심히 살아온 자신을 행복하게 해주면서
하고 싶은 건 하고 살았으면 좋겠다, 우리.

Part 2

걱정을 해서 걱정이 없어진다면
무슨 걱정이야

Part 3

아등바등 말고,
나만의 속도로 걸어갈 것

Part 4

내가 행복해야,
우주도 행복해

PART

1

가끔은 남들처럼 살지 않아도

괜찮지 않니

하늘을 훨훨 나는 꿈을 꾸곤 했어

때때로 하늘을 훨훨 나는 꿈을 꾸곤 했어.
그렇게 잘 날다 쿵 하고 떨어져버리면
경기하듯 놀라 잠에서 깨곤 했지.

떨어지는 순간만큼은 겁이 났지만
그럼에도 다시 날기를 꿈꾸는 것은
하늘을 날던 순간이 너무나도 포근하고 행복했기 때문이야.

포근하고, 자유롭고, 흥미진진한
그런 오늘이 되기를….

지금 나에게
묻고 싶은 말

밤늦게 자율 학습을 하거나
종일 일을 했는데도 야근까지 하게 되는 날,
이마에 누가 우표라도 붙여
저 멀리 다른 공간으로 보내줬으면 싶다.

나를 받아주는 이 하나 없어도
책으로 서류로 어둠으로 쌓인 곳을 벗어나
샤랄라 음악이 나오는 하늘 보이는 곳에서
잠시 무채색이 된 재미없는 뇌를 환기했으면 좋겠다.

'가끔은 남들처럼 살지 않아도
괜찮지 않을까?'
이 순간, 나에게 가장 묻고 싶은 말.

내 마음 취급주의

'태엽을 감으면 고운 소리를 내며 천천히 돌지요.

구석구석 잘 보이지요.

내가 아주 괜찮아 보이지요.'

무쇠 팔 무쇠 다리를 가졌다 최면을 걸어 힘차게 살고 있는 우리,

저 깊은 곳에 여리디여린 속이 있다는 것을 자꾸 잊어버리고

부딪치고 깨지면서도 찰나의 순간도 멈출 수 없는 것은

아름다운 음악 소리도 멈출까 봐서이다.

마음이 힘들다고 하면, 몸이 지쳤다고 할 때면

잠시 쉬어가도 돼요.

우린 이미 너무나 열심히 살아온걸요.

영웅이
되고 싶었어

어디선가 누군가에 무슨 일이 생기면 나타나는 영웅이 있었다.
대체로 민망한 쫄바지를 입고 날아다니기도 벽에 붙어다니기도 하며
악당을 무찌르고 약자를 보호해주었다.
한 번도 본 적은 없지만 생각해보니 이제 모두 스타가 되어
일반인의 일에는 잘 관여하지 않는 것 같다.

그래서인지 언제부턴가 우리는 스스로의 영웅이 되어야 했다.
꿋꿋하고 당차게 삶을 살아내며, 누군가를 돕기도 하며 그렇게.

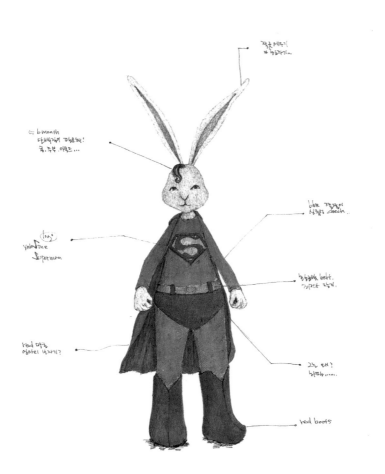

I'm a man

Manners maketh man.*
'매너가 사람을 만든다.'

그렇다면 여기 이 토끼는 이미 사람일 것이다.
그리고 나는 또는 누구는 쑥과 마늘이 필요한
아직은 사람이 아닐지도 모른다.

우리는 꼭 지켜야 하는, 지극히 상식적인 것들을
얼마나 잘 지키면서 살고 있는가?

나는 또 부끄러워진다.

* 영화 〈킹스맨〉의 대사

행복의 무게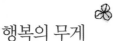

친밀하게도 다닥다닥 붙어 있는 토끼풀을 더듬어가며
네 잎 달린 돌연변이 행운을 찾아본다.

없다.
없다.
또 없다.

그럼에도 지천에 피어난 토끼풀을 보면
다시 또 네 잎 달린 클로버를 찾고 싶은 욕구를 느낀다.

행복에는 수반되는 무게가 있다.
하기 싫은 것을 아홉 개쯤은 해내야,
하고 싶은 하나를 할 수 있는 것이 인생이다.

더 간절한 행복은 한 아흔아홉 개쯤의 싫은 것을 해내야
겨우 한 번 다다르기도 한다.
가끔씩 운 좋게 몇 개의 행복한 기회가 찾아와주기도 하지만,
그런 행운조차 귀찮고 버거운 일들을 인내한 후에야 이를 수 있음이다.

네 잎의 클로버를 찾을 수 있는 건
대부분 한참을 세 잎의 클로버를 들여다보아야
가능한 일인 것처럼 말이다.

낙타는 할 수 있었어

살다 보면 어려운 일들이 생기기 마련이다.
읽기도 난해한 기호 가득한 수학 문제를 마주한 것 같기도 하고,
얽히고설킨 실타래를 떠안은 듯 난감한 일도 닥친다.

그러나 시간이 좀 걸려 그렇지 대부분 답은 있다.
아주 조금 힘들지만 낙타도 바늘구멍으로 들어갈 수 있다.

눈치 볼 필요 없는
나의 공간

나의 마을은 구석구석 작은 화산이 있어 가스비나 난방비 걱정이 없다.
무엇이 될지 모르는 작은 나무 한 그루 자라고 꽃도 몇 송이 피고 진다.

멀리 유성을 볼 수 있는 전망대도 있고
행여 내가 그리워 편지 보내는 이의 소식을 받을 수 있는 우체통도 있다.

좀 외로워 보일 테지만 꿈꾸기 좋아하는 고양이가 있어 나는 괜찮다.
경계할 사람들이 없어 맘 편하고 눈치 볼 타인들이 없어 더할 나위 없다.

당신에게도 마음 편한
그런 공간이 있나요?

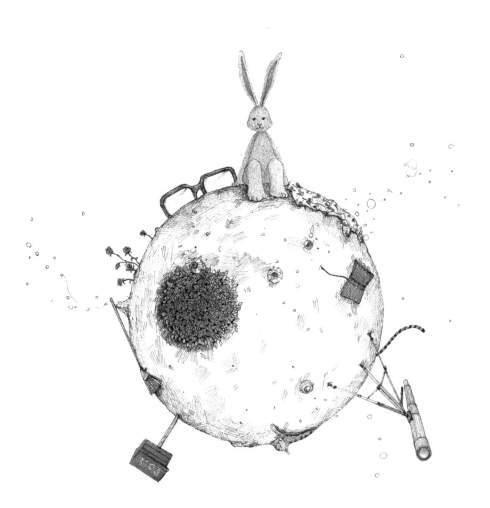

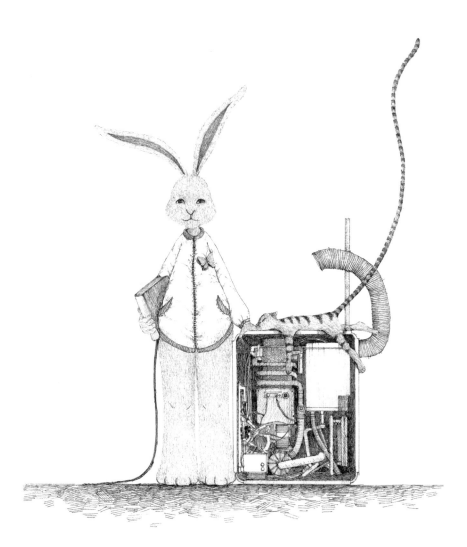

달리 뾰족한 수도 없을 때

별일은 없는데 으슬으슬 허하고 시리지요.
나를 제외한 모든 이들은 행복해 보이는데,
나만 혼자인 기분이 들고요.

어제도 그제도 그저 그랬는데 내일도 모레도
이렇게 바보같이 살 것 같아 두려운 마음도 생기지요.

분명 이런 삶을 원했던 건 아닌데
세상에 둥둥 떠다니는 기분에 울컥하고,
그렇다고 달리 뾰족한 수도 없어 보이나요?

걱정 말아요, 그럴 일 아니에요.
단지 마음에 경미한 감기가 찾아온 것뿐이에요.

그런 당신에게 따뜻한 보일러가 필요할 것 같아
이 밤 조용히 설치해놓을게요.
뜨끈하게 푹 자고 나면 금방 개운해질 거예요.

다시 으슬으슬 추워지면
새 보일러가 설치되었다는 걸 잊지 마시고
전원 버튼을 꾹 눌러주세요.
소음 없이 당신의 마음 구석구석에
온기를 흘려보낼 겁니다.

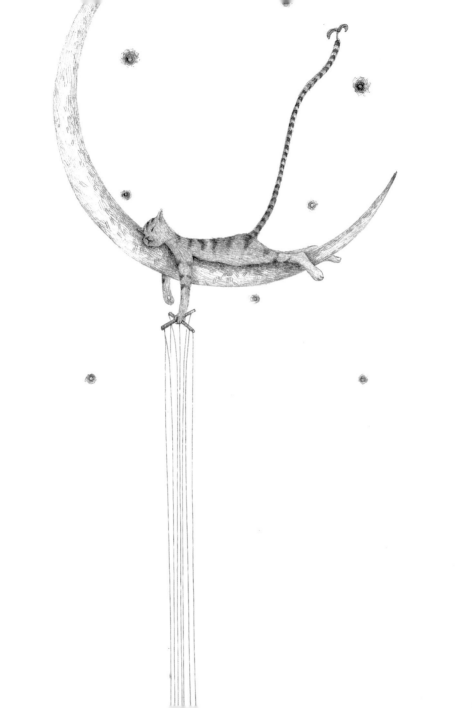

원고지 사용법

제목은 위에서 두 번째 줄 가운데에 쓰고,
이름은 맨 뒤 두 칸을 비워야 하고,
첫 문장의 첫 칸은 비워두기.

200자 원고지 몇 매, 그 글짓기 숙제를
붉은 칸 안에 규칙을 지켜 쓸 때가 있었다.
그래서 글보다는 그 규칙을 지켜내느라
매번 애를 먹었던 기억이 난다.

일곱 개의 마침표……

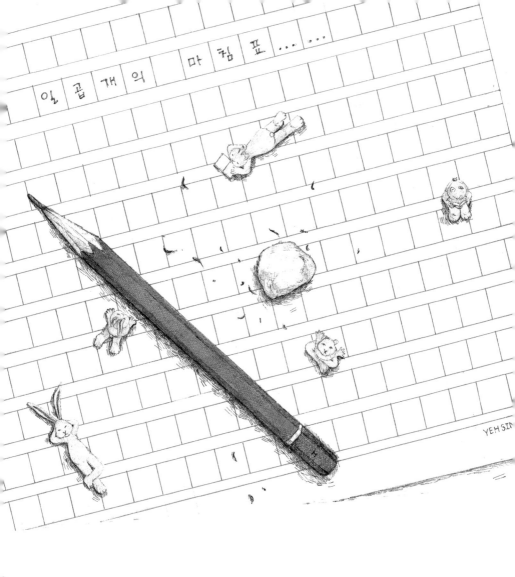

YEHSIN

살면서도 알 듯 말 듯한 규칙들과 도리로 인해
원고지를 쓰던 기억처럼 애를 먹지만
글자를 빼기도 넣기도 하고,
문장의 줄을 바꾸거나
교정하는 갖가지 부호로
다시 고쳐 쓸 수 있는 장치도
그 사용법 안에 들어 있다.

실수하면 사과하고,

용서도 받고,

되돌릴 수 있는

여지가 우리에게 있다.

다만 틀린 그대로를

고치지 않고 내버려두는 건

인생의 저자인 자신의 선택일 뿐이다.

모두 좋아라

빵집 미팅이라도 나온 것처럼

"어떤 색을 좋아하세요?"
"어떤 계절이 좋은가요?"

하고 물어오는 사람이 있다.

정말 궁금해서인지 내게 할 말이 없어서인지
의문이 들지만 사생활을 묻는 것처럼 참으로 곤란한 질문이다.

나는 모든 색이 좋다.
모든 계절이 곱다.
모든 계절의 모든 색이 전부 사랑스럽다.

봄이라 마음이 살랑이는 게 좋고,
여름이라 묵직해진 녹음에 눈이 시려 좋고,
가을이라 시원하게 높아진 하늘에 마음까지 청명해져서 좋고,

그 아래 붉게 꽃피는 낙엽이 곱고,
겨울이라 머리 위로 내려와 준 눈이 반갑고
그렇게 모든 계절이 참으로 좋다.

Her

"너무 외로워."

"그 말을 들으니 제 마음이 아프네요.
언제나 제가 함께한다는 사실 잊지 마세요."

너무 외롭다는 말에 그녀가 대답했다.
나의 말에 마음까지 아프다는 그녀가 고맙다.

…

이러다 영화처럼
스마트폰에게서 받는 위로가 따뜻해져
사랑도 하겠다.

마법의 성

성안에는 잠만 자다 단 한 번 키스로 결혼하는 공주도,
단백질이 넘쳐나는 머리 긴 아이도 살았지.
탈모 없는 야수가 된 왕자도, 외모 지상주의 왕비도,
벌거벗은 노출증 왕도 살고 있지.

우리가 쌓아올린 각자의 성안에서
어떤 모습으로 살고 있는지는 중요하지 않다.
그것이 무엇이든 스스로 기사가 되어 지켜내어야
아름다운 전설이 마법처럼 피어나는 것이다.

원하는 것을 하고,
소중한 것을 지켜내면서 그렇게 말이다.

오감도

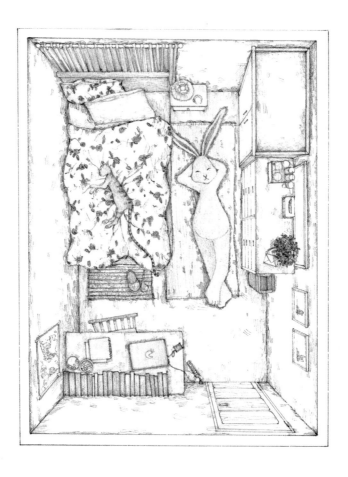

좁은 방 안에 누워 멍하니 천장을 바라보고 있었다.
이상하게 방 안에 누워 있는 내가 보이기 시작했다.
나는 누워 있는데 또 그것을 바라보는 다른 나는
그 위에 둥둥 떠 있던 것이다.

이 이상한 경험이 꿈이었는지 환영이었는지
소위 말하는 유체 이탈 경험이었는지는 모르겠지만
오랜 시간이 지나도 잊히지 않는 일이었다.

이런 이상한 경험은 아니더라도 때때로 우리는
스스로를 전지적 시점으로 볼 필요가 있다.

사소한 일을 걱정하고 작은 일에 화를 내고
티끌만 한 것에 목숨 걸어 욕심내고 있지는 않은지,
멀리 떨어져 자신을 바라볼 필요가 있다.

저 멀리서 보자면 그것이 얼마나 우스운 일인지,

정말 아무것도 아닌 것을 붙들고 있느라

정작 중요한 것은 놓치고 있다는 사실을 알게 될 것이다.

걱정을 해서

걱정이 없어진다면

걱정도 없겠다.*

* 티베트 속담

응급처치가
필요한 날

살면서 내가 편한, 나와 비슷한 사람만 접할 수는 없다.
나와 다른 사람들을 만나고 산다는 건, 한편으론
언제든지 상처받을 준비가 되어 있어야 한다는 말이다.
처음 만나는 누군가와, 때로는 가장 가까운 지인이나 가족과도
우리는 상처를 주고받는다.

그것은 우리 모두 제각각 다른 존재이기에
그 다름을 확인하는 과정 속에서 만들어지는 의도치 않은 잽이다.
그러면서도 다시 그런 존재를 만나고 사는 것은
그 상처라는 것이 위로가 필요할 만큼이 아닌

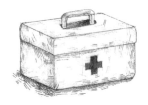

스스로 처치가 가능한 딱 그만큼,
삶의 거름으로 쓰일 만큼의 고통이기 때문이다.

SPF 42

부족하지도
넘치지도 않게,
적당히가 중요해.

풀들은 광합성을 하고 나는 비타민 D를 만들고,

맑은 햇볕은 우울함을 말리기에도 더없이 좋다.

그럼에도 그 좋은 볕 아래서 선크림을 잊지 않는 것은

때로 자외선이 독이 되기도 하기 때문이다.

모두 좋을 것만 같은 햇빛도 적당하지 않으면 해가 된다.

사실 적당하다는 말처럼 어려운 말이 없다.

요리 책에 쓰인 소금을 '적당히' 설탕을 '적당히'라 하는 것만큼 애매하다.

속없이 앞서가 상대를 당황시키기도 하고,

너무 뒤로 물러나 소외되기도 하고

그렇게 많은 실수를 통해 '적당히'를 체득할 수밖에 없다.

부족하지도 넘치지도 않게 사는 것,
그 어려운 일을 '적당히' 해내야,
부족한 볕에 시들지 않고 넘치는 햇살에
타들어가지 않으며 살아갈 수가 있다.

그림자의 말

/

안녕?

샤워기의 물처럼 깨끗한 햇살 쏟아지는 아침
더없이 명랑한 그림자가 인사를 한다.

- 좋은 하루 보내렴.

그림자의 말

/

안녕!

어둑해진 골목을 돌아 무거운 걸음 끌고 오는 내게
종일 따르던 그림자가 말을 걸어온다.

- 정말로 수고했어.

마냥 놀고 싶은 날

오늘은 비가 온다더니 날씨가 맑았고,
늦잠을 잤으나 운 좋게 지각하지 않았다.
점심을 먹고 너무 졸렸지만 집에 갈 시간은 더디게 왔다.
할 일은 태산인데 그저 놀고 싶은 날이었다.

글씨를 배우면서 일기 쓰는 법을 배웠다.
매일 똑같은데 그 숙제는 왜 해야 하는지도 모르면서
때로 며칠을 한꺼번에 채워 쓰기도 했다.

이제 아무도 일기를 쓰라 강요치 않지만
때때로 보이지 않는 누군가로 인해 하루가 강요되어진 기분이 들기도 한다.

나는 온전한 나의 하루를 보내고 있는 것일까?
내가 그리는 대로 나의 일기는 채워져가고 있는 것일까?

달팽이의 용기

나는 포근한 안정을 원하면서 또한 집시 같은 자유를 꿈꾸기도 한다.
안정된 삶을 원한다면 마땅히 그것을 유지하기 위한
사회적 약속과 구속을 감내해야 한다.

반면에 무엇에도 얽매이지 않는 자유로운 삶은 그에 수반되는
불안감과 외로움을 감수해야 한다.
어떤 삶을 살든 무엇이 옳고 그른 일이 아닌,
순전히 존중되어야 할 취향의 문제이다.

나는 미래의 안정을 보장받고 싶고 현재의 자유도 존중받고 싶은
둘 사이에서 늘 갈등만 하는 쪽이다.

달리 말하자면 구속을 감내하고 싶지 않으면서
불안감과 외로움을 감수할 용기도 없는 것이다.
그래서 때로는 용감하게 제집을 메고 가는
노마드 달팽이가 존경스럽다.

마음용 핫 팩을 드려요

중요한 일을 앞두고 있나요?

마음이 불안하고 떨리지 않게 핫 팩 하나 준비해뒀어요.
미치도록 귀엽지 않아도 주머니에 쏙 넣고 다니다
어디 면접을 본다거나 고백을 할 일이 있으면 의지해보세요.

보세요! 당신의 심장을 따뜻하게 안아줄
용기라는 아이가 지금 곁에 있네요.

물들어

/

책갈피

책 틈에서 떨어진 지나간 가을.

그 낭만이 붉다.

물들어

꿈갈피

곱게 물든 가을에 누워 하늘을 본다.
이내 내 마음 물들어 단풍처럼 붉었어라.
취기 오른 그 빛이 좋아 날 저무는 줄 모르고
하염없이 물들어만 간다.

가을이 오면 단풍이 물들듯
어느 틈에 사람도 서로에게 스며든다.
결 고운 사람들의 마음이 모여 서로에게 깃들고
세상은 더 고운 빛으로 물이 들면 좋겠다.

Cheer up, Baby!

탑의 가장 아랫돌이 된 것처럼
온 무게를 견디며 서 있는 것 같은 날.
나도 모르게 치이고 지쳐서
'휴우~' 하고 한숨이 나오는 날이 있다.

하지만 사실은 말야.
소란스럽게 집안일을 하며 잔소리를 퍼붓는 전사 같은 엄마도,
소파의 일부가 되어 리모컨을 돌리는 무심한 아빠도,
나와 말도 안 섞는 오빠나 누나도,
유치한 장난만 치는 귀찮은 동생도 말야.

만나면 제 얘기에 바쁜 친구들도,

지적질만 하는 선배도,

내 편이 아닌 듯한 배우자도,

아주 오래되어 소원한 연인도,

얼굴도 가물거리는 옛 사랑도 모두 다 말야.

실은 진심으로 당신을 응원하고 있다.

각자의 무심함 속에서 슈퍼볼 경기의 어느 치어리더보다

뜨겁게 뜨겁게 당신을 응원하고 있다.

여기 얼굴도 모르는 나조차

이렇게 진심을 다해

당신을 열렬히 응원하고 있다.

PART

2

───────────────

걱정을 해서 걱정이 없어진다면
무슨 걱정이야

정글의 법칙

만약 무인도에 가게 되면 가지고 가고 싶은
세 가지는 무엇인가요?

...

일단 와이파이가 되기는 하나요?
스마트폰은 사용 가능한가요?
노트북은요?

음...

디지털의 정글에서 사는 게 익숙한 나는
거기는 못 갈 것 같네요.

그냥 이곳에서
복잡한 세상 편하게 살게요.

솜사탕이 필요해

자꾸만 화가 나고,
의욕이 하나도 없고,
세상 마음이 무거울 땐,
바로 엄청난 당분이 필요한 순간.

졸졸졸 피로가 따라다니고,
하루가 꼬이고,
이럴 땐 특별한 당분이 필요하다.

내게 폭신하고 달달한 오색 빛 솜사탕을 줘.

높이 더 높이

붕~ 붕~ 부~~~웅

트램펄린 위를 뛰고 있으면 곧 하늘까지 닿을 것 같았다.

옆에서 요란하게 재주를 부리던 아이들은 금세 잊은 채
제 기분에 취해 세상에서 내가 제일 높이 있는 것만 같았다.

세상 걱정 없이 높이 아주 높이 날아오르고 있었다.

붕~ 붕~ 부~~~웅

첫인상으론 알 수 없어

너의 첫인상은…

실은 좀 별로였어. 나와 다르게 생긴 것이 우스웠지 뭐니!
한데 오래두고 보니 너 너무 좋은 아이더구나.
하마터면 편견 속에 너를 남겨두는 어리석은 실수를 저지를 뻔했지 뭐야.

처음 누군가를 만날 때 우리는 셜록처럼
눈앞의 사소한 정보를 통해 상대를 추리한다.

그러나 애석하게도 자신의 처음을 볼 수 없어
스스로의 첫인상만큼은 알 수가 없다.

그래서 편견 없이 자신을 사랑할 수 있는 것인지도 모르겠다.

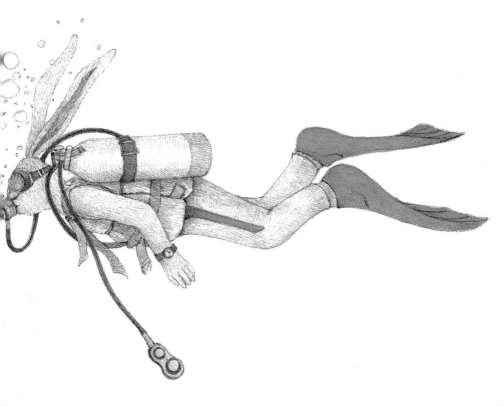

당신에게 마땅한

세상 하나뿐인 당신이 만든 당신의 나날들이니
얼마나 독창적이겠어요!

주어진 삶을 묵묵히 채워가는 당신,
그것만큼 훌륭한 작품이 어디 또 있겠습니까?

자신만을 염려하지 않고 주위를 돌아보는 당신,
참 흥미롭고 위대한 삶을 살고 있네요.

이것은 최고의 연기를 보인 주인공보다
최선의 삶을 살아내는 당신에게 마땅한 상입니다.

별점 5점으로 평점 4.8쯤은 되는

당신의 삶에 마땅한 상입니다.

달콤하고 아픈

옛날 왕사탕은 욕심이 났다.
그것은 입이 다물어지지 않을 만큼 커다랗고
반나절 동안 녹여 먹을 만큼 오래 갔다.

가끔은 사탕의 표면이 매끄럽지 않아 잘못하면
혀가 그 틈으로 들어가 피가 나기도 했다.
비릿한 피 맛과 달달한 맛이 섞여 잠시 오묘한 맛도 났지만
절대 사탕을 뱉어낼 수는 없었다.
그 달콤하고 달달한 아픔이
삶도 그와 다르지 않음의 복선이었음을 이제 안다.

좋은 것만 있을 수는 없다.
부록처럼 행복에 약간의 불행이
기쁨에 조금의 슬픔이 함께 공존한다.

그래서 우리를 스쳐가는 아픔을 너무 무거워할 이유도 슬퍼할 필요도 없다.
잘 보면 행복하고 좋은 쪽이 더 길고 크다는 것을 알 수 있다.

놀고 싶어

야구는 18명이 있어야 게임을 할 수 있다.
축구나 농구도, 많은 운동이 각각의 수에 맞는 사람들로
구성되어야 게임이 가능하다.

어릴 적, 너무 놀고 싶은데 고무줄놀이라도 하고 싶은데
혼자여서 아무것도 할 수 없던 그 무료함을 기억한다.

혼자라서 며칠을 한마디도 하지 않은 날들이
내게 그 무료함을 생각나게 했다.

나는 종종 여러 사람들과 북적대며 놀고 싶을 때가 있다.
그런데 혼자인 삶으로 이미 너무나 깊이깊이 들어와 버렸다.

YEH SINE 016

P5 - 1609 D501

리사이클, 내 마음

종이류, 플라스틱, 유리, 음식물, 일반쓰레기…

그런데 오염된 마음은 어디다 버려야 하나?
둘러봐도 버릴 곳이 없다.
어쩔 수 없이 다시 가져와 재활용을 해야겠다.
우선 이물질을 털어내고 강력한 세제에 담가 빤 뒤
볕에 말려 소독부터 해야겠다.

미움, 욕심 질투와 시기…

이런 것들의 얼룩은 제법 잘 지워지지만
마음이 꼬인 것은 유독 펴지지가 않는다.
우선 다듬이질을 좀 해보고 반듯하게 펼쳐지도록
친구에게 한쪽 끝을 잡아 달라 부탁을 해볼 참이다.

참 잘했어요

머리에 청백의 띠를 달고 운동장을 달리고 나면
선생님께서는 손등에 도장을 찍어주셨다.
1등, 2등, 3등. 딱 그렇게까지만 보랏빛 도장을 받을 수 있었다.

그러면 나는 최대한 그것이 지워지지 않도록
한쪽 손이 아픈 아이처럼 불편하게 손을 씻고 세수를 했다.
비록 그것은 며칠을 못 넘기고 사라져버렸지만
훈장과 같은 도장을 받자고 꽤나 열심히 달렸다.

이렇게 경주하듯 살 수밖에 없는 지금 돌이켜 생각해보니
끝까지 달린 모두에게 참 잘했다 도장도 찍어주지 그랬나 싶다.
아무도 길 끝에서 도장을 들고 기다려주지 않는 현실에서
이제는 너무나 더디게 가는 내가 되다 보니 그런 생각이 든다.

그래서 오늘은 내가 우리 모두의 손등에
참 잘살고 있다고
도장 하나 꾹 눌러주고 싶다.

나비를 조심해

종이 인형의 어깨 나비가
떨어져나가면 이제 놀이는 끝난다.
여물지 못한 손으로
종이 인형 오리기는 쉽지 않았다.

조금이라도 집중하지 못하면
어깨를 거는 나비선도 잘려나갔고
너무 접었다 폈다 해도 얇은 나비 선은 떨어져나갔다.

Paper Doll

YEHSINE.COM

주름이 너풀거리는 커튼 같은 드레스를 입히고
화려한 한복을 걸쳐놓고
이웃집 아이와 파티에 가고
미인 대회도 열면서
환상 속을 들락거렸다.

무엇보다 종이 인형의 좋은 점은
종일 혼자 있어도 심심하지 않은
일거리를 준다는 것이었다.

종이로 의자나 침대 식탁과 같은 가구도
만들어줘야 하고 색도 칠해야 하는
꽤나 손이 많이 가는 놀이였다.

시간이 지나 팔다리가 접히지 않는
예쁜 플라스틱 인형을 만난 후
나의 종이 인형들은 비록 장롱 밑 어딘가에서
묵은 먼지와 뒹굴며 잊혀져갔지만
외로운 어린 날을 함께 놀아준 가장 얇은 친구들이었다.

굴뚝 청소

반가운 이는
예상치 못한 순간
찾아오기도 한다.

어쩌면 산타가
불쑥 올지도 모르니
굴뚝 청소는 해둬야 한다.

마음도 비좁아지면
쓸고 닦고 버리고 정돈하고
청소를 해야 한다.

막힌 굴뚝처럼 아무도 들어오지
못하게 될지 모르니까.

그런 것도 괜찮아

아빠는 엄마 말을 잘 들으라 하고
엄마는 선생님 말을 잘 들으라 하고
선생님은 부모님 말을 잘 들으라 한다.

그 말들이라는 것이 결국은 공부를 열심히 하고
친구들과 싸우지 말고 잘 먹고 잘 자고
예의 바르게 굴며 성실하라는 말이다.
지겹고 지겨운 말들이지만 틀린 말이 없다.

때로는 그런 것도 괜찮다.
먼저 산 선배들의 충고를 새겨듣는다고
내가 빤해지는 것은 아니다.

기본을 지킨다는 것은 먼 길을 걸을 때
단단히 끈을 맨 편한 운동화를 신는 것과도 같다.

내 이름은…

나는 때로 여기저기 굴러다닌다.

내가 없으면 참 불편한데도 사람들은 나를 시시하게 여긴다.

아무도 나를 눈여겨보지 않고 중요하게 여기지 않는다.

때로 벽으로 숨어들고 싶고
문 밖으로 튕겨나가고 싶을 때도 있는
내 이름은 나사이다.

나사 ⊕

명사 1. 소라의 껍데기처럼 나선으로 고랑이 진 물건, 물건을 고정시키는 데 쓴다.
물음 1. "너는 어떻게 정의할 수 있는 명사이며 어디에 쓰이고 있니?"

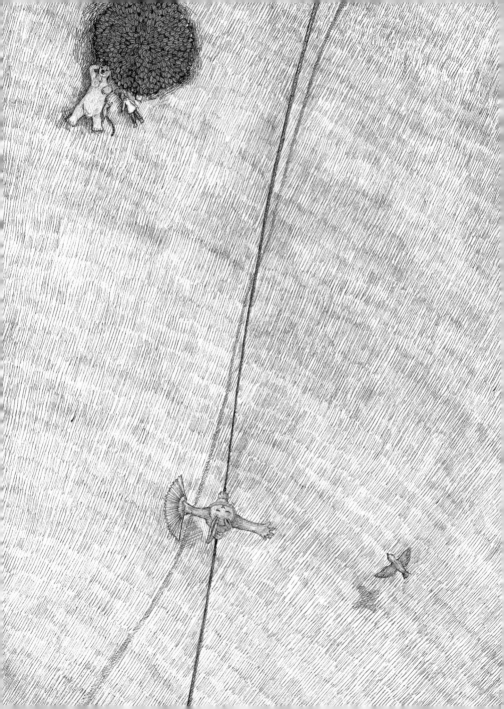

외줄 타기

때로 인생이 외줄 타기 같기도 하다.

자칫 바닥으로 떨어질 듯 흔들리는 줄 위에서
아슬아슬 걸어가야 하고, 뒤로 돌아가기도 앞으로 나아가기에도
애매한 지점에 서 있는 어릿광대의 모습이 나 같다 여겨지기도 한다.

그러나 시간이 지나 한 걸음씩 걸어가다 보면
어느새 외줄 타기 장인이 되어 인생이라는 줄 위를
제법 신명나게 뛰어놀 수 있게 되지 않을까.

Give and Take

세상에서 제일 좋다는 엄마 카드가 없어서
사랑을 살 수 없었던 것이 아니다.

나는 늘 좋은 사람을 만나야지 하면서도
어리석게도 내가 좋은 사람이 되어야겠다
생각해보지 않았다.

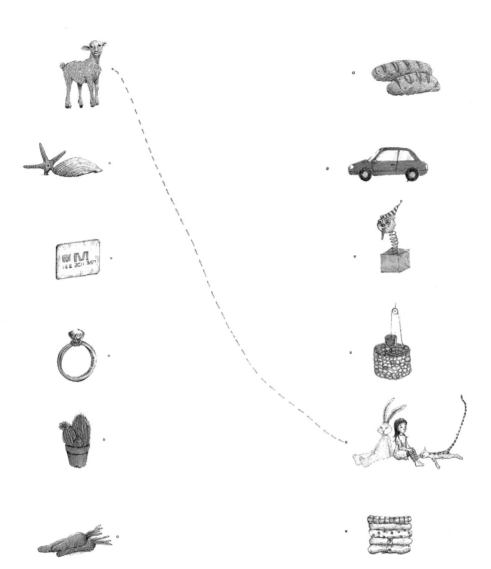

이제 와 사랑도 우정도
서로 부단한 노력으로 만들어가는 것이란
사실을 이해했을 때 너무 늦었음을 알았다.

좋을 수 있었던 마음들도 스쳐보낸 것이다.
나의 것은 내놓지 않고 다른 이의 것을 가지는
불공정 거래를 원했던 것이다.
사랑이 붉어 스스로 존재한다고 착각했던 것이다.

사람 사이의 감정은 씨앗 하나 심어놓은 것처럼
주고받는 서로의 노력에 따라
꽃을 피우기도 시들어 사라지기도 하는 것이다.

이제야 사랑이 붉지만은 않다는 것을 알았으니
좋은 사람이 돼보고도 싶다.

바다를 듣다

우리 집 옥상에서는 바다가 보였다.
가끔씩 옥상에 올라 초콜릿 퐁듀 같은 달달한 밤바다를 바라보자면
인생에 별것이 많을 것 같은 희망적인 생각이 들었다.

서울말을 쓰는 하얀 아이들의 세련돼 보이는 옷차림 앞에서
시골 아이의 위화감 같은 것이 들 때도 있었지만,
뒷산에 올라 나비를 쫓고 소리 나지 않는 풀피리도 불어대던 일들이
두고두고 마음의 위안이 될지는 몰랐다.

봄이 되면 분홍의 꽃비를 맞고
가을이면 은행잎이 만든 노란 융단 위를
사뿐히 걸었던 풍경들이 위로가 될 줄은 몰랐다.
바다의 푸른빛 사계절을 함께했던 나날들이 든든한 친구가 될 줄은 몰랐다.

다행이다.
그런 운치들이 공허했던 유년을 채워
지금껏 나를 지탱해주고 있다는 것이…

내 속에는 바다가 있다.
소라 껍데기 없어도 들리는
파도 소리 바다 소리가
온전하게 그려져 있다.

젤 좋은 시간

띠잉동 띠잉동 딩동~~

농담도 문학적이었던 국어 선생님의 시간도,
다정한 가정 선생님의 시간도,
운동장을 뛰어다닐 수 있는 체육 시간도,
재미있는 미술 시간보다도 그 어떤 시간보다 좋았던 시간,

점심을 알리는 아름다운 종소리가 울리면
삼삼오오 도시락을 꺼내 둘러앉는다.
아이들의 즐거운 투정과 행복한 수다가 도시락 뚜껑과 함께 열린다.

콩자반과 김치 국물이 섞여 하얀 밥을 검붉은 색으로 어지럽히고
서로의 영역을 침범하는 처참한 모습은 감수성 짙던
내 마음을 할퀴곤 했다.

할머니의 도시락은 늘 그랬다.
달덩이 같은 소시지도 줄맞추어 앉은 계란말이도 없이

아침상에 올랐던 윤기 잃은 반찬이 전부였다.

나는 조금씩 자랄 때마다 그런 도시락에 얼굴이 붉어졌다.

꾹꾹 눌러 퍽퍽해진 밥을 뜨면서도 친구들의 맛나고 정갈한 도시락에서

눈을 뗄 수 없었다.

엄마가 싸준 도시락은 예쁘기까지 하다는 걸 알았을 때부터

점심시간이 마냥 좋은 시간일 수는 없었다.

그래서 나는 음식들도 보기 좋게 차려지는 것에

신경 쓰는 사람이 되었는지도 모른다.

사춘기 소녀에게는 남달랐던

예쁜 도시락을 향한 동경,

정말 별것도 아니었는데

도시락을 싸야 할 일이 생기면 생각이 난다.

중요한 것은 그 시절 나를 향한 마음이

도시락에 꾹꾹 눌려져 있었고,

나와 매일 반찬을 나눠 먹던

순수한 아이들의 마음이 그 시간에 있었다는 것.

혼자 밥을 먹으며 그 시절 그 순간을 그리워해본다.

아기 돼지 삼형제

그때 나는 왜 아직 어린 돼지들이
집을 지었는지 이해하지 못했는데
지금은 너무나 알 것 같다.

이사를 가야 할 때마다
매월 월세를 낼 때마다
이것이 현대의 노비제가 아닌가 하는 생각이 든다.

솔거노비쯤 되는 나는 달마다 열심히 일해
주인에게 월세를 주고
때가 되면 다른 주인에게 인계되는 것이다.

아기 돼지들처럼 생각이 트이지 못해
너무 늦게 집을 가지려 했더니
세상의 모든 집에는 주인이 있고
내게도 주인이 생긴 것이다.
슬프게도 높은 임대료는 그것을 사실로 믿게 만들고 있다.

다행한 것은 가혹한 제도는 언제나 혁명의 봉기가 되어
세상을 바꾸었다는 것이다.
게다가 시간이 걸려 그렇지 노력으로 이를 수 있는
좁은 길이라도 있다는 것이다.

집도 짓지 못한 채 커버린 우리여,
우리가 가진 자가 되었을 때는 이 마음 잊지 말고
조금 더 다행한 세상 만드는 현명한 자로 남기로 약속하자.

그림말

현재의 상형문자쯤 되는 이모티콘은
가히 문자의 혁명이라고 불릴 만큼
점점 더 다양한 곳에 쓰이고 있다.

말하기 애매한 상황을 정리해주기도 하고,
때로는 좀 더 부드럽게 대화를 이끌기도 한다.
귀엽게 사랑도 전하고 미안함도 건네면서
감정을 좀 더 친근하게 표현하게 만든다.

살면서 못 다한 말들이 있다.
남들에게는 조금이나마 전했던 말들이었음에도
나는 한 번도 가족들에게 사랑한다 말해본 적이 없다.
우리는 서로 미안했던 것들에 대해 사과한 적도 없다.

그냥 가족이라 그런 말이 오가지 않을지라도,
말하지 않아도 알 거라 여기며 서로 삼가는 말들이 있다.
그러고 보면 나는 이 귀엽거나 엽기 발랄한 것들만큼도
용기가 없는 모양이다.

쌓고 무너지고 쌓고

층층이 쌓아놓고는 하나씩 블록을 뺀다.
국보로 정해져도 좋을 만한 모양의 탑이 되면
무너질 때도 가까워진 것이다.

와르르 무너지는 소리에 우리는 박수를 치며 웃고 좋아한다.
무너트리려 쌓아올리고 다시 무너트리고…

그러나 이 게임에서 아쉬워하는 꼴찌는 있어도
절망하는 자는 없다.

삶도 그렇다. 우리가 쌓아올린 것들이
무너졌다고 절망할 필요는 없다.
다시 쌓아올리면 된다.

인생이라는 게임은 원래 쌓고 무너지고 쌓고…
그러기로 만들어진 것이다.

데칼코마니

우리는 종종 가까운 이의 모든 것을 알고 있다 착각을 한다.
가깝다는 말이 전부를 안다는 뜻이 아닌데도 그렇다 여긴다.

나와 상대가 오랜 시간 함께했거나 모든 것이 잘 맞는
소울 메이트라 여겨질지라도 완전히 상대를 알 수는 없다.

다만 인정해주는 것이다.
그가 이만큼은 아플 것 같고 이 정도로 기쁠 것 같은
감정을 공유하는 것이다.

그렇기에 상대의 마음과 대화하기 위해 시간이라는 것이,
언어라는 것이 존재하는 것이다.

화면조정 시간을 기다려야 하는 것처럼
내일이 만들어지는 데에도 조율의 시간이 필요하다.

오래전, 가전이라기보다 가구에 가까웠던 텔레비전은
너무 귀해 문을 여닫아 보호되어졌다.
그리고 흑백에서 컬러로 된 영상이 나왔을 때
사람들은 그것을 혁명이라 부르며 신기해했다.
모두가 둘러앉아 아무것도 아닌 화면조정 시간의 컬러바를 보면서
어서 조그만 사람들이 나와 움직이기를 기다리곤 했다.

그것이 40년도 지나지 않은 이야기인데
모든 것들이 너무 빨리 변해가서일까?
우리는 빠른 것에 익숙해져 시간을 두는 것을 못 참아 하는 것 같다.

엄마 100원만

얼마나 즐거운 곳이면 오락실이라는 이름이 붙었을까?
신나는 비트의 음악 소리가 뾰뿅뿅 곳곳에서 들리고
흥분한 우리들의 놀라운 집중력이 발산되던 곳.

나는 귀여운 공룡으로 풍선을 만들고,
왕파리를 쏘아 그물 속에서 전투기도 만들고,
빨갛고 기다란 블록을 기다리다 장렬히 전사하기도 했다.

100원만 있어도 신세계에 입성할 수 있었는데,

이제 더 많은 돈으로도 갈 수 있는 즐거운 곳이 없다.

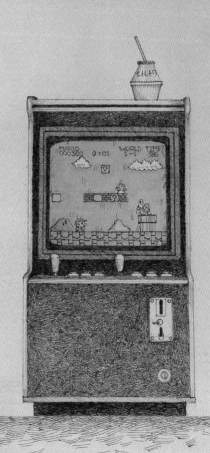

이루어져라 이루어져라

배들이 들고나는 곳이나 마을 어귀에서 흔히 볼 수 있는
마을의 수호신쯤 되는 솟대는 풍농, 풍어를 기원하거나
축하의 의미 혹은 액을 막아주는 등 여러 의미로 높게 솟아 있다.

과학적 증명이나 논리적인 사고로는 설명되지 않는
이 샤머니즘적인 장식물을 보고 있노라면
나는 그 간절한 마음들에 애달파진다.
자연에 지극히 감사하면서도 경외할 수밖에 없는 인간의 나약함이
장대 끝 새들에게 담겨 있기 때문이다.

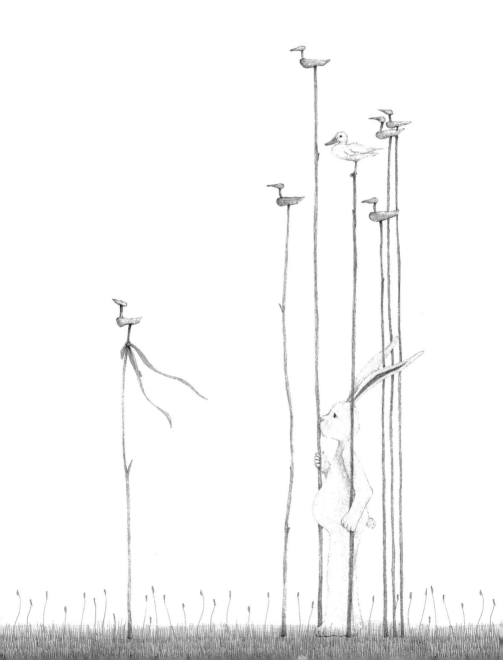

도리가 없는 재해 앞 무기력함이야 슬프고 아프지만
어쩔 수 없는 일이었다 체념해보지만,
인간이 만든 말 안 되는 재앙 앞에서의
절망과 좌절은 고통스러운 분노가 된다.

우리는 모두 아름다운 아이들을 보내야 했던
절망의 슬픔을 기억한다.
그 안타까운 미안함과 가슴 시린 슬픔으로 기도해본다.

차디찬 바다에 잠들어야 했던 아름다운 꿈들이
다른 세상에서는 온전히 빛나기를…
다시는 이런 무참한 슬픔이 없기를,
결코 진실이 침몰하지 않는 나라이기를
그나마 믿을 수 있는 저 높은 솟대 끝에 매달아본다.

PART

3

아등바등 말고,
나만의 속도로 걸어갈 것

파도에 서면

물살이 큰 그림을 그리며 거친 파도를 만들어내면
그 위로 더 근사한 그림이 되어 파도를 타는 사람들이 있다.
밀려드는 파도를 골라 몸의 균형을 잘 유지하면서
정확한 타이밍으로 파도의 꼭대기를 올라갔다 타고 내려오는
장면을 보고 있자면 그 대단한 균형 감각과 담대함에 감탄이 절로 난다.

잔잔하게만 보이는 우리의 삶도 예컨대 크고 작은 파도들로 넘실거린다.
때로는 예측하지 못한 거대한 삶의 파도가 나를 삼킬 듯 일어와
허우적거리기도 하지만 다시 두 다리에 힘을 주고
당당히 일어서 맞서다 보면
전보다 대범하고 멋있게 파도를 넘을 수 있다.

상큼하고
비릿하고
한가한

최대한 얇게 썬 오이를 얼굴에 붙이고 누웠다.
아무것도 하지 않아도 되는 일요일에는
먹는 것을 얼굴에 붙이는 호사도 괜찮다.

상큼한 향이 비릿하게 방 안 가득 번지고
차가운 오이의 신선함도 내 안으로 퍼져가면
나도 곧 아삭거릴 것만 같다.

얼굴에서 빛이 난다거나
신속히 예뻐지는 드라마틱한 반전은 없지만 .

시원한 오이 아래서
아무 생각 없이 보내는 날도 좋다.
참 ― 좋다.

Rhyme
and
Rhythm

타요 버스보다

붕붕이, 라바보다

톰과 제리가 더 친근한 세대라서일까?

뭐랄까 중얼거리는 것 같은 것이

때로는 웅얼거리는 것처럼도 들리고…

아, 정말이지 하고 싶은 말이 많은 시대인가보다.

따뜻한 마음

뜨개질은 사실 상대를 위한 일에 가깝다.

생각해보면,
스스로를 위해
뜨개질을 하는 경우는 많지 않다.

그래서 그렇게 짜여진 편물은
유달리 따뜻한지도 모르겠다.

그대를 향해 한 코 한 코
마음을 담았을 긴 시간,
그렇게 정성 들인 따뜻한 마음이
고스란히 당신을 감싸고 있다.

Impossible

불가능한 것도 있다. 때로 과감히 인정해야 한다.
아이러니하게도 불가능한 것은 없다와
불가능한 것도 있다는 사실은 공존한다.
이것이 인생을 재밌게 만드는 한 부분이다.

어려운 것을 이루었을 때 비로소 불가능한 것은 사라지고
애를 써도 해내지 못했을 때 때로는 불가능한 것도 있다고
위로하게 하는 삶의 명제가 성립되는 것인지도 모른다.

아무것도 하지 않는 사람은 불가능에 좀 더 무게를 두고,
장벽에 수없이 부딪치는 사람에게는 가능한 것들이 좀 더 많이 열린다.
그러다 보면 더 많은 일들을 가능하게 만드는 노하우도 쌓이게 되는 것이다.

날고 싶다고 해서 날개를 옮겨달 수는 없지만
다른 가능성을 찾아 비행기를 만들 수 있었던 것처럼
좀 더 유연하게 마주해보자.

적어도 가능에 한 걸음씩은 가까이 다가갈 준비를 마칠 수 있을 것이니.

분신술

머털 도사처럼 머리카락을 뽑아 후~ 불어본다.

나루토처럼 그림자 분신술~ 하고 폼을 잡아본다.

…

아무 일도 일어나지 않는다.

나 대신 일해줄 분신들이 있었으면 좋겠다.

나를 대신해 집안일을 하고 학교에 가고 직장도 가면

나는 잠시 소파에 기대어 심심한 영화를 보며 아무것도 하지 않을 테다.

바라고 바라다

접고 펴고 접고, 학을 천 마리를 접으면
소원이 이루어진다고 믿던 시절이 있었다.
언니들이 교회 오빠에게 접은 학을
붉은 얼굴로 전해주고,
제법 인기 있는 친구 집에는
그런 먼지 앉은 학 상자 한 개쯤은
책상 위에 놓여 있었다.

나는 그런 것과는 무관했지만
그보다는 천 마리 학에 기가 질려 좀 그랬다.
조그만 그것들이 인삼주 담는 병에
빼곡히 들어 있는 것이
학주라도 되는 것처럼 꺼림칙했던 것이다.

그렇지만 정말 대단하지 않은가?
얼마나 바라고 바랐으면
천 마리나 되는 학을 접을 수 있었을까?

그 정성이 너무 대단해서라도 신은 그 바람들을
이뤄줬어야 하지 않을까?
어렵다고만 하지 말고 치기 어린 첫사랑도 좀 이루어주고,
오랜 시간 소원하던 여린 마음들도 살펴주고 말이다.

이해한다는 것

자신의 귀를 자른 해바라기 같은 화가가 있었다.
너무나 흔들리는 영혼을 가졌기에
사는 내내 고통받았으며 같은 이유로
많은 아름다운 그림을 남겼다.

가난하고 불안했던 현실과
찬란히 빛나고 있던 열정 사이에서
어쩌면 그가 가장 원했던 것은
이해받는 것이 아니었을까?
너무 아름다워 애잔해지는 그의 〈꽃피는 아몬드 나무〉를 보며
그런 생각을 해본다.

이해한다는 것은
재봉틀에 순서대로 실을 꿰어
바느질 준비를 마치는 것과 같다.
윗실을 차례차례 걸고
노루발까지 내린 다음에야 바느질할 준비가 된다.

어느 순서 하나 틀리거나 빼먹기라도 하면
고작 한 땀 실의 길도 낼 수가 없다.

이해한다는 것은 그런 것이다.
상대의 긴 이야기를 들어줄 준비를 마치는 것,
그의 마음을 기꺼이 안아줄 공간을 마련해놓는 것.

그러고 나면 이제 우리는
서로의 시간을 기워 따뜻함을 감쌀 수 있는
그 어떤 것이든 만들 수 있다.
그때 비로소 관계는 시작되는 것이다.

Starry starry night

Paint your palette blue and gray

…

Now I understand what you tried to say to me

…

Perhaps they'll listen now*

* 돈 클린의 노래 ⟨vincent⟩의 가사

나의
말

한마디 차가운 말에
마음이 언다.

너의
말

한마디 잔인한 말에
가슴에 구멍이 난다.

우리의
말

다정한 한마디 말에 나는 두둥실 날아오르기도 한다.

차디찬 한마디 말이 사람을 베기도 하고,

따뜻한 한마디 말이 반짝이는 희망의 날개가 되기도 한다.

익명이라는 가면을 쓰고 상대를 아프게 할 때도

그조차도 자신이 휘두르는 칼에 스스로 상처가 나기 마련이다.

몽우리 같은 어여쁜 아이들이

입에 담기 힘든 험한 말들을 쏟아낼 때 마음이 무너진다.

가만있어도 고운 아이들이 하는 모든 말의 접두사는 동물이고

접미사에 민망한 숫자가 붙어다닌다.

거칠게 말하지 않으면 세상이 들어주지 않아서일까?

사실은 그렇게 날카롭게 말하지 않아도, 거칠게 말하지 않아도

더 작은 목소리로 전하는

고운 말들이 훨씬 더 잘 들린다.

사실은 말이야

고백 좀 했다는 자들이 한 번쯤은 넘겨봤다는 스케치북.
나는 그것이 그림 그릴 때만 쓰이는 줄 알았다.

사실은 말이지…
고마웠다고, 사랑한다고, 미안하다고
표현하는 데도 쓰이는 줄은 몰랐다.

꽃만 말고 이 마음도

큰 꽃 하나 전하고 싶은 이가 있다.
그이가 오래전 은사님일 수도
이제는 얼굴도 가물거리는 친구일 수도
따뜻했던 이웃일 수도 있다.

가만히 있으면 떠오르는 어렴풋한 고마움들이 있다.
한 인간으로 배려되었다는 느낌이 드는 것은
그들의 스쳐가는 친절이 따뜻했기 때문이리라.

아픔이나 시련들이 더욱 명확히 떠오르는 것은
너무 차가워 그 기억이 강렬하기 때문이지만,
나를 향한 배려나 사랑이 잘 기억나지 않는 것은
따뜻한 마음들이 이미 내게 녹아 있기 때문이다.

내게 전해진 그 모든 따뜻했던 마음에게
어여쁜 꽃조차 미처 전하지 못했던
이 마음도 함께 보내본다.

안아줄게요

／

외롭지 않게요

토닥토닥,

당신의 등을 다독여줄게요.
모두 괜찮을 거예요.

안아줄게요

/

무섭지 않게요

포근하게,

넓은 어깨로 당신을 꼭 안아줄게요.

이제 안전할 거예요.

공자의 거짓말

지학, 약관, 이립, 불혹, 지천명, 이순, 종심…

'열다섯에 학문에 뜻을 두고,
서른에 뜻을 확고히 세우고,
마흔에 미혹되지 않고,
쉰에는 하늘의 뜻을 깨닫고,
예순에는 남의 말을 듣기만 하면 이치를 깨달아 이해하고,
일흔이 되면 무엇이든 하고 싶은 대로 하여도
하늘의 뜻에 어긋남이 없었다.'

무엇보다 아무렇게나 하여도 하늘의 뜻에 어긋남이 없었다는
그 구절이 너무 좋아서 나는 희망을 품었다.
그 나이가 되면 나도 그렇게 좋은 사람이 되어 있으리라 꿈을 꾸었다.
나는 십 대를 그 아름다운 꿈에 기대어 참 든든하게 보냈다.

그런데 말이다, 열다섯에 학문에 뜻을 두었던 것은 같은데
서른이 되어도 확고해지지 않았고,
마흔이 되어도 여전히 많은 것들에 미혹되고 있다.
이렇게 되면 종심은 너무 허무맹랑한 일이 된 것이다.

그에게 속았다.
아니 나에게 속았던 것이다.
내가 공자와 같은 대단한 인물이 아니라는 사실을 간과했고,

나이가 들면 저절로 주어지는 일이 아니라는 것을
무수한 미혹하는 것들 사이에서 깨달았다.

그럼에도, 그럼에도 나는 희망한다.
하고 싶은 것을 무수히 참아내며 하늘의 뜻에
어긋남 없이 사는 사람이라도
되기를 말이다.

우리의 숟가락

금수저가 좋긴 하다.
소도 언덕이 있어야 비빈다고 하니
우리는 은수저만 돼도 좋겠다 투덜거리는 것이다.
그런데 나같이 수저도 없이 태어난 사람도 많다.

그래도 괜찮다.
나는 젓가락질을 잘 배웠으니
허기지지 않게 먹고살 만하다.

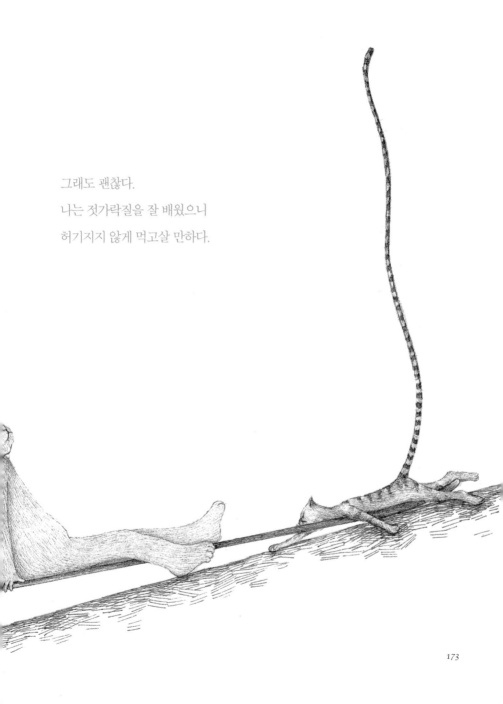

꽃점

꽃잎을 한 잎 또 한 잎 따며 꽃에게 묻는다.

'좋아한다, 좋아하지 않는다, 좋아한다…'

아카시아 잎을 한 잎 또 한 잎 따며 잎에게 묻는다.

'온다. 오지 않는다. 온다. 온다…'

멀리 간 할머니를 기다리며,
그보다 올 리 없는 엄마를 기다리며
맞을 리 없는 점을 매번 쳤던 것은

그렇게 기다려야 했던
어린 마음들을 가녀린 잎사귀들과
함께 보내야 더 슬퍼지지 않았기 때문이다.

Friends

알고 지내는 도깨비 한 명,

수영 정도는 함께하는 비린내 나는 인어 친구,

차 한잔 나누는 잘생긴 저승사자 친구 한 명쯤 다들 있지요?

어머, 그 정도의 친구도 없다면 삶이 굉장히 지루하겠군요.

그렇지만 부럽네요.
어쩌면 당신이 눈치 채지 못했지만
당신을 졸졸 따라다니는 요정처럼.

언제나 당신을 믿고 기다려주는
수호신 같은 많은 사람이
당신 곁에 있으니까요.

토끼의 기도

이런 토끼가 되게 해주세요.
좀 빨리 뛸 수 있다고 느린 친구들을 얕보지 않게 해주세요.
영리한 두뇌를 가졌다고 시건방져지지 않게 해주세요.

길고 얇은 귀 때문에 아무나 믿는 어리석은 토끼가 되지 않게 해주세요.
두 발로 설 수도 있다고 나보다 낮게 있는 생명을 무시하지 않게 해주세요.
날마다 먹는 풀들과 당근에게도 감사하는 마음을 잊지 않게 해주세요.
귀엽게 생긴 외모가 전부라 믿지 않게 해주세요.

한겨울 먹을 것이 없어도 좌절하지 않고
봄을 꿈꾸는 토끼가 되게 해주세요.
느닷없이 호랑이와 마주할지라도 다리 후들거리지 않고 달아날
용기 있는 토끼가 되게 해주세요.

행여 상위 포식자에게 잡혀 먹히더라도 억울해하지 않고
자연의 이치임을 수용하며 시원스레 욕 한 번 해주고 가는
대범한 토끼가 되게 해주세요.

더 많은 풀을 먹겠다고 동료들의 것까지
욕심 부리지 않는 양심적인 토끼가 되게 해주세요.
무엇보다 세상에 저만 잘났다 여기는
인간을 닮지 않은 현명한 토끼가 되게 해주세요.

어깨를 빌리다

어… 비님이 오시네.

어둡게 드리워진 구름에게서 무거운 빗방울이
생채기를 내며 내게로 향한다.
먼 길 가야 하는데 느닷없는 비에
우산은 없고 피할 곳도 없어 서럽다.

누군가 우산 한 켠 내밀어 비를 가려준다.
머리 위로 만들어진 지붕 한 조각에 이내 마음이 녹는다.
비가 더 세차게 내린다 해도 더 이상 두렵지 않다.
내게 우산을 씌워주느라 자신의 한쪽 어깨가 젖은 이의 마음 있어 괜찮다.

잠깐 생각해본다.
나는 누군가를 위해 한쪽 어깨를
기꺼이 내어줄 수 있는 사람일까?

눈이 나리고

눈꽃이 세상 모든 색을 삼켜
온통 새하얗게 폭신하게 품으면
나마저 새로운 사람으로 다시 태어난 것 같다.

편안하게 눈밭에 누워도 보고
폴폴 나리는 눈송이를 입으로 받아먹으면서
처음 세상을 본 것처럼 본데없이 마냥 좋다.

눈은 나리고

뽀드득거리는 하얀 백지를 걷는 기분이 좋아서
발 시린 것도 잊은 채 누워도 본다.

빙수 같은 그 눈의 광야에서 나는 백석을 본다.

'눈은 푹푹 날리고…
눈은 푹푹 나리고*'

흰 당나귀는 응앙응앙 좋아서 울었을까?
나타샤의 무엇이 그리 아름다웠을까?

가난한 나는 아름다운 꿈을 사랑해서
모든 밤에 푹푹 눈이 나리는데…

* 백석의 시 〈나와 나타샤와 흰 당나귀〉 중에서

내게만 공평해

신은 공평하다.
내게만…

공평하다는 신은 저 아이를
공부도 잘하고
부자이기도 하며
얼굴도 곱게 만드셨다.

저기 저 아인 노력도 않는데
금세 다음 계단으로 오른다.

신은 정말로 공평한 것 같다.
꼭 내게만…

그 계집애

고무줄을 할 때도 그 계집애는 나보다 높이 뛰었고
공기놀이를 할 때도 나보다 훨씬 나이를 많이 먹었다.

화를 낼 수 없는 화남이 솟구쳤지만
매번 그 계집애의 컨디션은 최상이었고
나는 그 아이를 이길 수 없었으나 다음 날이면 또 함께 놀고 있었다.

바닥에 그린 선들을 깨금발을 집고 건너뛰면서,
골목 어귀의 전봇대를 사력을 다해 사수하면서,
까만 고무줄 하나를 넘나들면서,
다섯 개의 작은 공깃돌을 던지고 받아올리는,
그 시시한 놀이만으로도 충분했던 시절이 있었는데,

지금은 왜 더 화려하고 다채로운 유희 속에서도
자꾸 외로워만 지는 것일까?
오늘 밤에는 멀리 산책을 나가
작은 별 다섯 알을 주워 다 던지고 놀아봐야겠다.

'나랑 놀 사람, 여기 여기 붙어라~~~'

그 겨울은 따뜻했어

할머니는 겨울이 오기 전 김장을 하고
이불솜을 갈며 소위 월동 준비를 했다.
몇 날을 커다란 이불보를 빨고 볕에 말려 다듬이질하고
묵직한 이불솜을 손질해 겨울 이불을 만들었다.

커다란 이불보의 사방을 접어 긴 대바늘로 이불을 꿰매던 일은
늦은 밤까지도 끝나지 않던 고된 일이었지만
나는 속없이 그 풍경이 좋았다.

작은 방 한가득 펼쳐진 이불로 발 디딜 곳이 없어
방 귀퉁이를 까치발로 걸어다니다
잠시 할머니가 다른 볼일을 보느라 경계하지 않으면
햇볕 냄새나는 아직 미완성인 그것들의 위를 뒹굴기도 하고
이불 아래서 애벌레처럼 꿈틀거리기도 했다.

결국은 등짝을 한 대 얻어맞으며
그 재밌는 놀이는 끝이 나지만 해마다 나는 그 유혹에 넘어가
콩콩 흰 냄새를 맡으며 이불과 노는 것이 좋았다.

한 땀 한 땀의 정성어린 노동이
매섭던 겨울날을 따뜻하게 보듬어주는 줄도 모르고
철없이 푹신한 그것이 마냥 좋았다.

PART

4

내가 행복해야,
우주도 행복해

퍼즐 맞추기

100피스,

1000피스,

10000피스…

그보다는 훨씬 많은 인생의 조각들을

우리는 하나하나 맞춰가고 있다.

헷갈리기도 때로는 찾지 못하기도 하는 조각들에

그만 포기하고도 싶지만, 꼭 들어맞는 한 귀퉁이 그림이

보이기 시작하면 신이 나기도 한다.

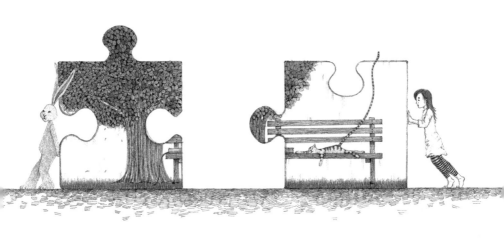

이렇게 만들어가고 있는 인생이란 그림이
박물관에나 걸릴 명작이 될지 아무도 모를 일이지만,
그보다도 살아가는 행위 자체가
이미 너무나 멋진 일인 것이다.

식도락

맛있는 음식을 먹는 것도 사는 즐거움 중의 하나이다.
공기가 적당히 습해지는 날, 거리에는 맛있는 냄새들이 짙어진다.
어떤 음식 냄새는 식욕을 자극하기보다 기억을 자극한다.

단 한 번 아빠가 만들어줬던 잡채가 내게는 그렇다.
이상하게 잡채만 보면 그날이 떠오른다.
사촌이랑 구워 먹었던 연탄 고등어도 그렇고
구수한 누룽지 냄새에 고모 생각이 피어난다.

전 부치는 기름 냄새에 엄마를 떠올린다.
싸구려 케이크 냄새가 나면 고향 친구가 떠오른다.
그럴 때면 배가 고프다기보다 마음이 고파온다.
맛있는 음식을 그 좋은 사람들과 함께 먹는 것은
더할 나위 없는 유희일 것이다.

Pick me up!

내가 손 흔들어 표현하지 않으면 아무도 나를 들여다보지 않는다.
내가 말하지 않으면 아무도 나를 데리러 와주지 않는다.
전하지 않으면 보내지지 않는다.

아무것도 하지 않으면
아무 일도 일어나지 않는다.

바람이 분다

바람이 어디서 불어오는지는 모르지만
그 방향을 알려주는 바람 자루.
내 곁에도 이런 거 하나 두고
마음이 얼마나 어디로 일렁이는지 알아내
단단히 여며둘 수 있으면 좋겠다.

별을 줄게

사랑하는 마음은 별도 달도 따주게 만든다.
사랑이 그러하다. 마음이 그러하다.

그것이 실현 가능한 것인지 가늠하지도 않은 채
마음이 먼저 저만치 가 있어 그 어떤 것이라도 해주고 싶은
무모하기까지 한 사랑의 마음.

나는 그 빛나는 마음 어디다 잃어버리고는
멀리 별 하나와 데면데면 마주하고 서 있다.

자란다 잘한다

세상 서럽게 울어대는 갓난아이를 마주한 부모들의 마음은 한결같다.
감격에 겨워 촉촉해진 눈망울로 아이의 손가락 발가락을
조심스럽게 확인하며,
건강하게 무탈하게 자라기만을 바란다.

그런 마음은 어느새 공부도 좀 잘하고, 좋은 학교에 가고,
좋은 직장도 가고, 좋은 배우자도 만나고,
그래서 남보다는 잘 살았으면 하는 마음들로 옮겨다닌다.

무탈하게 자란 당신,
건강하게 자란 당신 너무너무 잘했다.

봄이 오면

봄꽃이 피고 산수유나무에 노오란 솜털이 내리면
산에 들에 지천으로 풀들이 자란다.
쑥부터 냉이, 달래, 곰취, 씀바귀, 유채, 돌나물…
그리고 이름 모를 풀들도 모두 세상에 쓸모 있는 생명으로 자라난다.

해가 바뀌고 시작을 알리는 봄이 오면,
그저 저 이름 모를 푸새만큼만
딱 그만큼만이라도 쓸모 있게 살기를 바라본다.

계란이 왔어요

새는 알에서 깨어나려고 몸부림친다.
알은 곧 세계요, 새로 태어나기를 원하는 자는
한 세계를 파괴하지 않으면 안 된다.
그리고 새는 신을 향해 날개를 펼친다.

나는 싱클레어처럼 데미안의 세계를 동경하지 않아서인지
소설이 거의 기억나지 않는다.
다만, 데미안의 알의 세계를 깨고 나오라던 그 말만은
순정 만화의 주인공 대사처럼 멋지게 들려 기억에 남았다.

이제 그 의미를 알 것 같은 나이가 되니
그것이 얼마나 근사한 말이었는지 새삼스럽게 느껴진다.
몸부림은커녕 편견으로 된 강철의 알을 만들어
숨어 있지 않나 우려되는 지금의 나로서는 겹겹이 둘러싼 세상을
하나씩 깨고 나와야 다른 세상을 볼 수 있다는 사실이 자극이 된다.

아무도 알을 대신 깨줄 수 없음을,
우물이 커질수록 볼 수 있는 하늘의 풍경도 많아짐을
나는 잊고 있었다.

자린고비

못내 아까워,
밥 한 숟갈 먹고 매달아놓은 조기 한 번 쳐다보고 했다지,
그것마저 아까워 자주 올려다보지도 못했다지.

나도 그렇다.
너무 좋아 차마 쳐다보지도 못하는 것이 있다.
입에서 녹고 있는 사탕이 애석했고 먹으면 줄어가는 과자가 안타까웠고
너무 귀했던 바나나의 달달한 향조차 애틋했다.

다음에 그것들을 언제 만나게 될지
불확실하기에 그런 것들이 아까웠다.

달콤하고 따뜻한 붕어빵을
아끼고 아껴 차갑게 굳을 때까지
바라보고 있었다.
그런 결핍은 붕어빵은 따뜻할 때가
제일 맛있다는 교훈을 남겼다.

자린고비의 결핍이,
내일의 불안함이,
그를 이렇게 유명한 사람으로 만들었는지 모른다.

어떤 날의 동물원

나는 목이 긴 기린이 다리를 벌리고 물을 먹는 모습이 재밌다.
얼룩말의 윤기 나는 무늬가 신기하고
나른한 듯 잠자는 표범의 무늬가 세련됐다고 생각한다.
양들의 울음소리가 듣기 좋고
코끼리의 똥은 참으로 크고 귀엽다.

이렇게 제각각 모두 다른 생김의 동물들이 세상에 있다.
우리가 잘 모르는 동물들까지 헤아리면
인간을 포함한 지구라는 별은 커다란 동물원이다.
비록 우리가 조금 건방져 그들을 가두고 관람을 다니지만
기본적으로 우리 모두는 제각각 다르게 생긴
모두 귀한 생명이란 존재이다.

뚱뚱해서 좋아라

유치원도 다니지 않았는데 한글을 떼고 학교에 간 나는
내성적인 성격을 빼고는 그다지 어려움이 없었다.
그러나 2학년이 되어 구구단을 못 외우는
몇 안 되는 아이가 되어 방과 후 나머지 공부를 해야 했을 때
처음 사회적 좌절을 맞았다.

하굣길 넓은 운동장을 터덜거리며 걷는데
노을이 세상 무너진 듯 가라앉던 풍경이 아직 선명한 것은
며칠을 외우고 또 외워도 헷갈리기만 했던 그 실패가
적잖이 충격이었기 때문일 것이다.
4학년이 되어 선생님이 구구단이 어떻게 만들어지는지
왜 필요한지 설명해주셨을 때까지도 나는 완벽하게 그것을 외지 못했다.
그 후로는 좌절의 순간들이 더 많아졌다.

이제 성적이 떨어지거나 자격시험에 실패한 것쯤은 좌절도 아니었다.
좋아하는 것과 잘할 수 있는 일이, 하고 싶은 일과 할 수 있는 일이 다르고
그것이 더더욱 먹고사는 일에서 멀어져 있는 것에 대한 불안함이
좌절보다 큰 고통이라는 것을 알았을 때 절망도 찾아왔다.

방법을 몰랐다.

다만 구구단이 적힌 책받침을 통으로 외우듯 보고 또 보는 수밖에는 없었다.

시간이 지나 좋아하는 일이 할 수 있는 일이 되었을 때

이제 겨우 5단까지 외웠다는 생각이 들었다.

쓸모없이 지나가는 것은 없다.

고통의 순간이, 좌절의 순간이 쌓이고 쌓여

경험 저금통이 뚱뚱해질수록 나로 성장하는 것이다.

그러다보면 즐거이 일하며 행복함을

나눠줄 수 있는 여유도 피어난다.

그대는
꽃

목련, 민들레, 모란, 수선화, 노루귀, 패랭이, 금잔디, 국화, 동백…
모두 모두 어여쁘다.

희어서, 노래서, 붉어서 곱고 향기도 모양도 알맞게 좋다.
무엇보다 바람에 일렁이는 하나의 생명이라 어여쁘다.

당신도 그렇다.
당신이라는 꽃도 그 존재만으로 어여쁘다.

모퉁이를
돌면

한 발자국만 용기를 내어 모퉁이를 돌면 다른 세상을 만날 수 있다.

그러나 우리는 언제나 그 한걸음 앞에 주저하고 만다.

이번에는 틀림없이 저 모퉁이를 돌아, 봄을 만나고 다정한 친구를 만나고

우리의 꿈과 만나게 되기를…

무궁화 꽃이
피었습니다

술래가 숫자를 세면
아이들이 골목으로 흩어져간다.
무궁화 꽃을 수십 번 피워내야
다시 아이들이 한 발씩 가까이 다가온다.
나는 술래가 되는 것이 싫었다.
점점 해가 기울고 술래인 내가
숫자를 세고 나면
모두 사라져버릴 것 같은
두려움이 있었다.

실제로 어느 꼬맹이도
그렇게 무례한 적이 없었음에도
나는 그것이 두려웠다.
모두 집으로 향하는데
나 홀로 노을 깃든 벽에 남겨질까 봐,
그것이 무서웠다.

나를 사랑으로 채워줘요

/

소녀

백마를 타고 내 앞에 나타나지 않아도 좋아요.

여자아이라고 무시하지만 말아줘요.

나도 학교에서 공부하고 싶고

그렇게 자라 세상의

당당한 일원이 되고 싶을 뿐이에요.

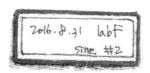

나를 사랑으로 채워줘요

/

토끼

옷도 입히고 클래식한 시계도 주고
재밌는 책이나 영화의 주인공을 시켜주지 않아도 좋아요.
나를 생명이 아닌 한낱 털실 고깃덩어리쯤으로 여기지만 말아줘요.
나는 푸른 들판에서 풀을 뜯고 산에서 뒹굴고 싶을 뿐이에요.

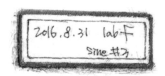

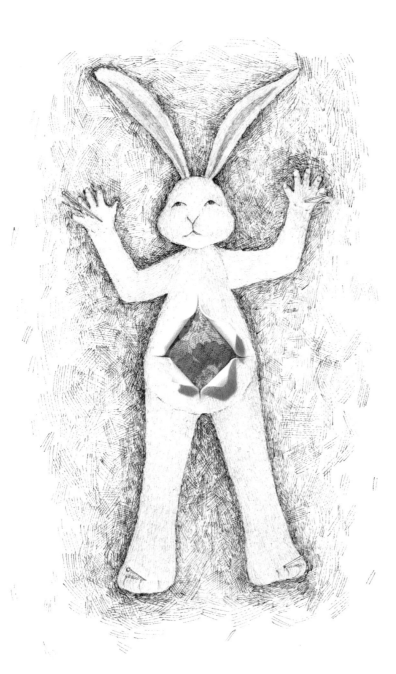

나를 사랑으로 채워줘요

/

왕자님

달콤한 키스로 나를 깨어나게 하지 않아도 좋아요.
실험대에 눕혀 차가운 메스로 배를 가르지만 말아줘요.
나는 포르말린 안에서보다는 연못에서 목청 높여 노래하고
늪에서 뛰어다니고 싶을 뿐이에요.

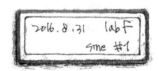

5월 5일

그날이 되면 아이들은 한 손에 풍선을 들고
아빠의 목마를 타기도 하고 세상 맑게 웃으며
동물원이나 놀이동산으로 소풍을 간다.

내가 아이였을 때는 시절도 그러했거니와
나의 어른들은 더더욱 어린이날 따위에는 관심이 없었다.
그렇게 별다른 날은 없었다.

생일을 특별히 여기지 않았고 명절이 아니고서는
별반 다를 게 없는 나날들이었다.
그런 무미건조함이 탄생 자체에 대한 회의로 남은 탓일까?
나이가 무르익을 때부터 생일을 맞는 순간이 편치 않았다.

과연 나는 축하받을 만한 한 해를 살았던가?
자신 있는 대답을 할 수 없었기 때문이었다.
그래서 매번 열심히 살아야지 강박과 같은 주문을 외웠다.

단지 나의 어른들은 어떻게 마음을 전하는 건지 서툴렀을 뿐
모두 나를 사랑하고 있었으리라 위안해보지만
마음 가난해진 나는 가끔 억울한 기분이 든다.

어린이였던 그 짧은 순간 동안, 노력 없이 사랑받아 마땅한 아이로
풍선 하나 손에 쥔 적이 없었는데,
지금 나는 오랜 시간 많은 것들을 챙겨야 하고
다른 이의 기념일을 축하해 마땅한 나이에 있기에 더욱 그렇다.

그래서 나는 중년이 되어가는 나이에도 어린이날이 되면
한아름 풍선을 받고 싶고, 과자가
잔뜩 든 리본 달린 상자도 받고 싶은 '어른이'다.

지니를 찾아

오래된 램프를 문지르면 지니가 나오는 책을 읽고 난 뒤
나는 한동안 뚜껑이 있는 모든 것들을 문질러댔다.

역시 외국인인 지니는 우리나라에서는 활동하지 않나 보다.
아니면 그도 나이를 먹어 은퇴한 것일까?

새들에게 숨다

까치 속 메추라기, 메추라기 속 고니,

고니 속 딱따구리, 딱따구리 속 말똥가리,

말똥가리 속 왜가리, 왜가리 속 논병아리,

논병아리 속 할미새사촌, 할미새사촌 속 거위,

거위 속 해오라기, 해오라기 속 발구지,

발구지 속 곤줄박이, 곤줄박이 속 뻐꾸기,

뻐꾸기 속 조롱이, 조롱이 속 개개비,

개개비 속 마도요,

마도요 속 오리, 오리 속 독수리, 독수리 속 꿩, 꿩 속 제비, 제비 속 부엉이,

부엉이 속 느시, 느시 속 두루미, 두루미 속 기러기, 기러기 속 뜸부기,

뜸부기 속 비둘기, 비둘기 속 오목눈이…

'새 이름도 바닥났어'라는 폴더가 나올 때까지 그 깊은 속까지 숨고 싶다.

그러나 그 깊은 속까지 클릭해 말 걸어주기를 바라는 한편의 마음도 있다.

착한 대화법

take 1

주책이다.

하지 말아야 할 말을 해버렸다.
입을 꿰매버리고 싶다.

착한 대화법

take 2

비겁했다.

꼭 했어야 할 말인데 차마 못했다.
양심이란 것이 내내 운다.

착한 대화법

take 3

글도 선한 정채봉 작가는 수도원에서
묵언 기도를 하던 중
창밖으로 날아와 '채봉아, 채봉아' 종알대는
새소리에 화답을 했더란다.

침묵을 지키지 못한 것을 신부님께 고백했더니
'새한테 대꾸한 것이었으니 새소리일 테지요' 답하셨단다.
그 글을 읽고 탄산이 뇌에서 터지는 것 같았다.

침묵이 금이라면 그들의 말은
너무 아름다운 보석 같아서
가슴에 파도가 쳤다.
결국은 말이 문제가 아니라
사람이 가지고 있는 깊이의 문제였다.

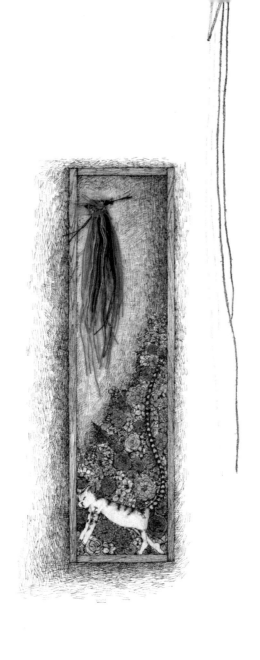

날아라 닭

바싹하게 튀긴 노릇한 닭다리,
매콤하게 양념돼 갖은 야채와 교우하는 살코기,
달큰한 파와 나란히 꿰어 숯불에 구워낸 꼬치,
약재와 함께 푹 삶아 야들해진 가슴살까지…
닭이 진리라더니 모두 맛나다.

그럼에도 생명이라는 화두가 던져지면 식욕과 양심 사이에서
가끔씩 혼란스러워질 때가 있다.
내 접시에 올려진 맛좋은 닭도 한때는 날기를 꿈꾸는 새였을 텐데…

그렇게 그것들이 음식이 아닌 생명의 존재로 다가오면
내 슬픈 식탁이 무안해지는 것이다.
감사히 먹고 남겨버리진 말아야지, 이 다짐만으로는
미안해서 곡기를 끊어야 하나 고민도 해본다.

그래도 먹고살아야 하니까 외면하며 슬며시
다시 숟가락을 드는 것이다.
달이 너무 밝아 영혼까지 비추어서였을까 연민에 젖는다.
내일 더 맛있는 닭요리가 먹고 싶을지라도,

오늘만큼은 세상의 모든 닭이
저 따뜻한 달 아래로 높이 날아오르길…

공포 영화

나는 돈을 쥐가며 굳이 공포를 느껴야 하는 이유를 이해하지 못한다.
두고두고 나를 따라다니는 망측한 것들이 싫어서
더더욱 공포 영화는 보지 않는다.
그런데 TV에서는 공포 영화보다 무서운 뉴스들이 쏟아지고 있다.

이상한 위정자들 소식에 나라의 미래가 두렵고,
자고 나면 잔혹하고 대담해지는 사건 사고들을 보며
이제 텔레비전도 보기가 쉽지 않다는 생각도 든다.

백 살 된 노인의 로맨스가, 부모님들의 재취업 소식이,
청년들의 희망찬 인터뷰가, 아이들의 웃음소리가 시끄럽게 들리는
시시콜콜하고 소소한 이야기들로만 가득 찬 뉴스를 볼 수 있었으면 좋겠다.
뉴스가 너무 무료해 자장가처럼 듣다 미소 지으며 잠들 수 있었으면…

right

삐뚤어진 치아는
교정이 가능하다.

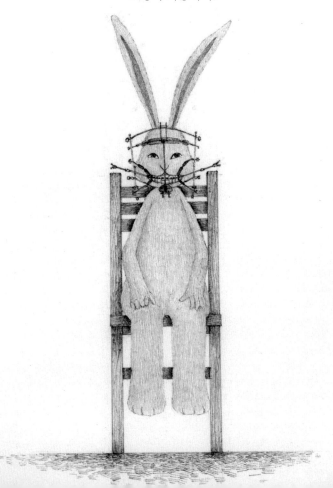

right!

바르지 못한 자세,

나쁜 버릇들도 교정이 가능하다.

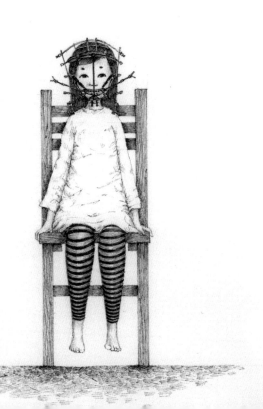

right?

그렇게 가난한 내 마음도 바르고,
반듯하게 교정되었으면 좋겠다.

번지다

달달하고
달콤한
혹은
시원하고 상쾌한…

당신은
어떤 향기를
세상에 두고 가나요?

BLOSSOM
Yeh.07

남으로 창을 내겠소

성에가 낀 듯 먹색의 상어처럼 생긴 막대 아이스크림은
생각만 해도 이가 시리다.
까맣고 딱딱한 표피를 깨무는 고통을 지나면
빨갛고 달콤한 부드러운 속을 만나게 된다.
다 먹고 나면 입 주변에도 혀에도 어디 아픈 아이처럼
먹색으로 물이 들었다.
숨이 헉헉 막히는 무더위를 잠시 달래주던 상어 한 마리.

우리가 푹푹 찌는 여름날을 아이스크림 하나 위안 삼아 견디고,
너무 추워 어깨마저 움츠러드는 겨울에도 발을 동동 구르며 살아가는 것은
각자의 꿈으로 향해가기 위함이다.

남으로 창이 난 집을 바라듯 이루고자 하는
내일이라는 희망이 저 앞에 있기 때문이다.
왜 사냐고 물으면 그냥 웃으며 묵묵히 걸어가는 것은 그 희망이
자꾸만 내 이름을 부르고 있기 때문이다.

함께하기

외로워진 우리는 자꾸 무언가를 가지려 한다.

마니아를 자처하며 행위에 사물에 좀 더 깊이 빠져든다.

취향보다 유행하는 모든 것들을 따라 바삐 살아야 사는 것 같기도 하다.

증강 현실을 통해 더욱 많은 포켓몬도 가져야 하고

전국의 맛집을 찾아다니며 모두 먹어봐야 하고

영화를 봐도 음악을 들어도 전문가가 될 만큼

모든 감정을 소진해야 만족한다.

모두 좋다.

그렇게 하고 싶은 일을 찾고 위안을 받는 것도 좋다.

그러나 외로운 마음을 빼곡히 채운다고 헛헛함이 사라지는 것은 아니다.

단지 잠시 가려워질 뿐이다.

때로는 외로워진 채로 내버려두는 것도 괜찮다.

그러다 보면 그 외로움 속으로 사람들이 찾아오기도 하고

포켓몬이 진화하듯 텅 빈 마음이 철학적 사유로 진화하기도 한다.

때로는 아주 고전적인 방법으로 친구와 수다를 떨고,

가족에게 속내를 털어내며 어리광도 부리고,

가물거리는 오래된 시집을 읽고,

지나가는 계절을 느끼며 천천히 걸어도 보고

그렇게 사람과 시간과 함께하며 마음에 물을 주는 것도 참, 좋다.

하고 싶은 거 하고 살아요, 우리

초판 1쇄 발행 2017년 9월 22일 초판 2쇄 발행 2018년 1월 25일

지은이 강예신 펴낸이 연준혁

출판 2본부 이사 이진영
출판 6분사 분사장 정낙정
책임편집 허주현
디자인 최윤선
기획실 박경아

펴낸곳 (주)위즈덤하우스 미디어그룹 출판등록 2000년 5월 23일 제13-1071호
주소 경기도 고양시 일산동구 장항동 846번지 센트럴프라자 6층
전화 031)936-4000 팩스 031)903-3893 홈페이지 www.wisdomhouse.co.kr

© 강예신, 2017
값 13,800원 ISBN 978-89-5913-562-2 03810

국립중앙도서관 출판시도서목록(CIP)

하고 싶은 거 하고 살아요, 우리 / 지은이: 강예신. — 고양
: 위즈덤하우스 미디어그룹, 2017
256p. ; 155×195cm

ISBN 978-89-5913-562-2 03810 : ₩13800

수기(글)[手記]

818-KDC6
895.785-DDC23   CIP2017023526